KB180792

**스물아홉 생일에
헤어졌습니다**

〈혼찌툰〉의
이별 극복, 리얼 성장기

스물아홉 생일에
헤어졌습니다

남아린 지음

마시멜로

프롤로그

20대 초반에 만나

군대를 기다리고

꽃신을 신고

졸업을 하고

취업 준비를 하다

20대 후반에 헤어지는

가장 특별한 줄 알았던

가장 보통의 연애 이야기.

스물아홉 생일에
헤어졌습니다
|차례|

**1.
첫 이별, 그날 밤**

**2.
생각보다 아무렇지
않은 것 같아**

**3.
어딜 가든 네가 보여**

**4.
나의 이별은
짝사랑과 닮았다**

1
첫 이별, 그날 밤

생일에 헤어졌습니다

내가 태어난 어느 날,
마음이 죽었습니다.

헤어졌습니다.

생일날.

정확한 이유는 모르겠지만,

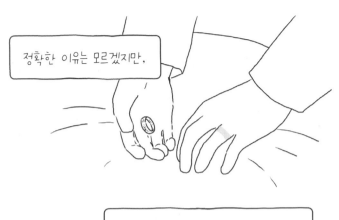

그게 뭔지 대충 알 것 같습니다.

6년이라는 긴 세월은

그런 것까지 알게 합니다.

생일을 축하해 주려 연락한 사람들에게

수도 없이 이별했다 말해야 했고

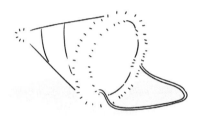

스물아홉 번째 생일날,
나는 죽고 싶었습니다.

멀어지고 나니 보이는 것들

변하지 않는 건
사랑이 아니라, 사람.

신기하게도 제일 먼저 달려와 준 사람은

씻지도 않고

일하던 노트북까지 들고

달려오셨습니다.

나를 케이크 앞에 앉히고

촛불도 켜주시고

노래도 불러주셨습니다.

소원도 물어봐 주셨습니다.

촛불 끄기 전에 빌고 싶은 소원 있어?

없어요. ㅎㅎ

바라는 건 없다고 했지만~

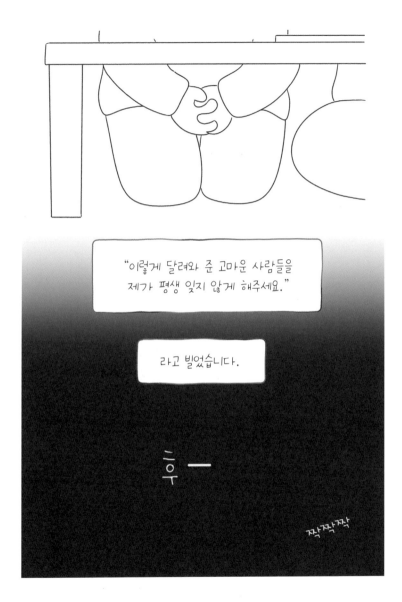

"이렇게 달려와 준 고마운 사람들을
제가 평생 잊지 않게 해주세요."

라고 빌었습니다.

내 장례식장에는 누가 올까?

그 마음을 기억해주는 당신이
더 좋은 사람인 것 같아요.

문득 이런 생각이 들더라고요.

내 장례식장에 누가 오긴 할까?

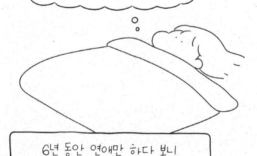

6년 동안 연애만 하다 보니

몇 없었거든요, 친구가.

근데 큰일을 겪어 보니까요.
이렇게 한달음에 달려와 주신 팀장님도 있고

경기도에서 여기까지 택시 잡아서 오려던 친구도 있고
전화기는 어찌나 울려대던지

너무 놀랐어요.

오늘부터는
혼자일 줄 알았거든요.

너는 친구들이 무슨 일이 생겼을 때
무조건 달려와 줬고,
앞으로도 그럴 때마다 달려와 줄
사람이란 걸 알아.

그래서 다들 묻지도
따지지도 않고 와주는 거야.

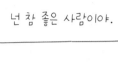

넌 참 좋은 사람이야.

작은 별

너만 쏙 빠진 내 세상은
부끄러움만 가득하다.

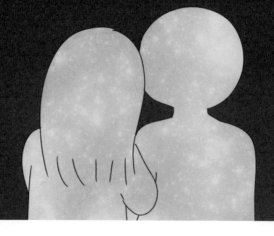

몇 년 동안, 나에겐 오직
너 하나만 있으면 된다고 외쳤는데

네가 없어지니까.

내 세상에 너 말고도
너무 많은 사람들이 있었더라.

너만 있으면 된다고 했을 때,
이 사람들은 뭐라고 생각했을까?
나한테 엄청 섭섭했을 것 같아, 그치.

그런데도 다들 왜 이렇게 달려와 주는 걸까?

이별

헤어져서 슬픈 게 아니라
함께한 시간들이 아무것도
아니게 된 게 슬픈 거야.

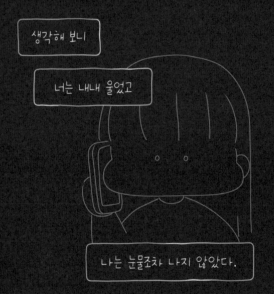

생각해 보니

너는 내내 울었고

나는 눈물조차 나지 않았다.

이렇게나 다르다.

뚜—   뚜—

너랑, 나는.

보통의 연애

사랑하지 않은 걸
어떻게 잘못이라고 할 수 있겠어.

결혼식장에서 우리가 힘들게 버텨온 시간들을
떠올리면서 눈물 흘리고 싶었습니다.

버티고 버텨서,
유난 떨다 결국 헤어질 거란 사람들
코를 납작하게 해주고 싶었습니다.

처음엔 너무 쪽팔렸습니다.

아무 의심없이 당연하게 올 거라 믿었던 우리의 미래와

가장 특별했다고 생각했던 우리의 사랑과

가장 보통의 연애가 되는 순간들이.

나는 오랜 시간
이 사랑에 모든 걸 걸었습니다.

그래서 잃을 게 너무나도 많았습니다.
모든 걸 잃기 싫어서 더욱 옭아매고

어딜 도망가려고?!

나만 아등바등하는 것 같아서
못살게 굴기도 했습니다.

그래놓고선 사랑받지 못하는
나를 미워했습니다.

어쩌다 사이가 좋은 날이면
내가 착각했던 거라고
스스로 최면을 걸기도 했습니다.

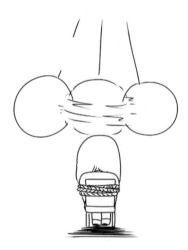

유통기한이 지나 이미 상해버린 마음을
억지로 끌어안고 있는 내가

같이 썩어가고 있다는 걸
그땐 미처 몰랐습니다.

차라리 빌고 매달렸다면
개운하게 털어낼 수 있었을까요.

하지만 빌고 매달릴 만큼의 잘못은
아니었던 것 같습니다.

단지, 나를 사랑하지 않았을 뿐.

타이밍

노력하고 버틴 것도
사랑이라고 할 수 있을까.

사소한 타이밍조차 맞은 적이 없습니다.

끝

왜냐면 그건
끝이 없을 거라고 믿어야만
가능한 거거든.

신나면 같이 엉덩이 춤을 추고

보고 싶었다며 눈물 흘리고
싸운 뒤엔 부끄러워하며 악수를 하던

그런 사랑을 다시 할 수 있을까?

네가 아니라도 할 수 있을까?

머물렀다

난 더 오래오래
그대로 있을 줄 알았지.

그러나 내 사랑은,
붙들고 얘기할수록 점점 시들어가고

가만히 놔두자니
민들레 홀씨처럼 흩어져 버리는 것이었습니다.

난 피어 있던 그 사람이 예뻐서
잠시 곁에 앉아있었던 것뿐이지요.

그걸 '내 것'이라고 생각했던 게
오만했던 거지요.

결국엔,
그저 오래오래 머물러다오.

바라는 수밖에 없었답니다.

두려움

웃기지, 그 많은 시간을 혼자서 보냈는데
잠깐 같이 있었다고
다시 돌아가는 게 무서워지다니.

나는 바다가 참 좋았습니다.

점점 멀어져 가는 사람들을 보는 게,

파도 소리마저 들리지 않을 정도로
먼바다에 떠 있는 게 좋았습니다.

오직 하늘과 바다 그리고 나,
닿지 않는 발이
꼭 하늘을 나는 것만 같아서

내가 너무 자유로운 것 같아 좋았습니다.

그런데 왜 지금은 닿지 않는 것이
이토록 무서운지

오직 나만 있는 게 무서운지
알 길이 없습니다.

2.
생각보다 아무렇지
않은 것 같아

헤어진 다음 날

다들 이런 감정들을
어떻게 혼자 삭인 걸까?

헤어진 다음 날은
생각보다···

··· ···

엄청나게 화가 치밀어 오르더군요?

흔적

변하지 않고 그 자리에 있는 것들은
먼지가 쌓여 쉽게 잊혀지지.

여기 있는 줄도 몰랐다.
여기 있는 게 너무 익숙해서.

이따 버려야겠다.

내 편

무조건적인 내 편이 있다는 건
큰 행운이야.

인터넷에서는
헤어지면 인생이 끝나는 게
아니라,
사실은 다른 남자들이
기다리고 있다고 말했지만…

잘 아는 사람

어떤 때는 너무 가까이 있어서
보이지 않는 것들이 있기 마련이지.

너를 행복하게 해주는 건
참 쉬운 것 같아.

너는 날씨가 좋아서

커피가 맛있어서

누군가 인사해 줘서

팔짱을 끼고 걸어서

행복하다고 하잖아.

그걸 알아주는 사람을 만났으면 좋겠어.
그것조차도 못해주는 사람 말고.

무감정

이럴 줄 알았으면
나를 조금이라도 남겨 둘 걸 그랬어.
약아빠진 사랑을 할 걸 그랬어.

힘내라는 말을 참 많이 들었습니다만

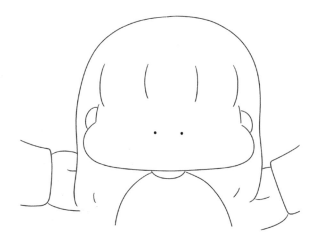

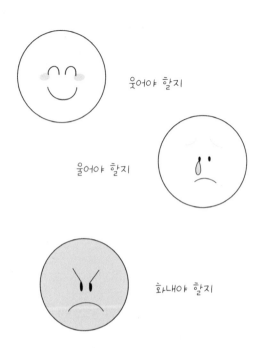

웃어야 할지

울어야 할지

화내야 할지

도무지 모르겠습니다.

그 사람은
내 감정까지
모두 앗아갔나 봅니다.

플렉스 flex

역시 스트레스 받을 때는
쇼핑이 최고지.

그 후엔 잠도 오지 않았습니다.
그러다 치밀어 오르는 화를 견디지 못하고
식은땀만 줄줄 흘렸습니다.

아아아 악!!!

돈을 펑펑 쓰니 스트레스가 사라졌습니다!

비활성화

사랑도 이별도 다 유치한 건가 봐.
나에게 이런 모습이 있었나 놀라는 하루하루.

헤어졌다고 해서
매번 친구들에게 하소연할 수는 없습니다.

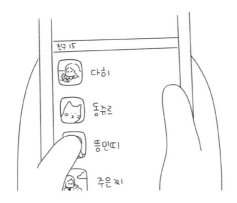

친구들은 감정의 쓰레기통이 아니기 때문입니다.

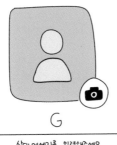

그렇다고 그에게 연락할 수는 없기에
기어이 티를 내고야 맙니다.

계정 일시 비활성화

내가 흔적도 없이 사라진다면
궁금해하긴 할까.
혹시 몰래 지켜보고 있었을까.

괜한 기대도 해보지만,

꽁꽁 숨겨둔 연락처를
기어이 다시 찾아보는 날엔

이기지도 못할 싸움을 시작합니다.

나도 절대 사진 안 올릴 거다!

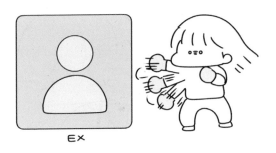

Ex

늘 그랬듯이, 나 혼자서.

프로필 뮤직

헤어지고 나니 생각지 못한
부분이 마음에 걸리더군요.

헤어지고 나서 불편한 점이 하나 있다면

음악 선정에 조금 까다로워졌다는 것입니다.

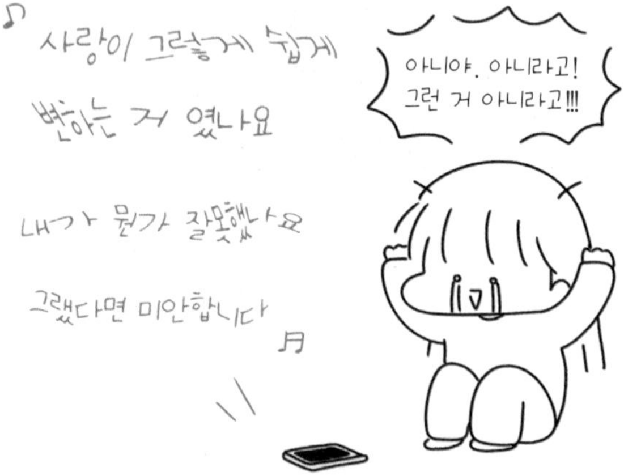
사랑이 그렇게 쉽게
변하는 거 였나요
내가 뭔가 잘못했나요
그랬다면 미안합니다
아니야. 아니라고!
그런 거 아니라고!!!

술

마실수록 더욱 선명해지는 기억.
차라리 술과 함께 흘려보내면 좋을 텐데.

그날 이후 술을 엄청 마셨습니다.

푸아아~

차라리 흠뻑 취하면 좋을 텐데
취해서 다 잊으면 좋을 텐데

우웩―

아무리 마셔도 취하질 못하네요.

이별에 대하여

헤어지는 건 상상해 봤어도
사랑하지 않게 되는 건 상상도 못했지.

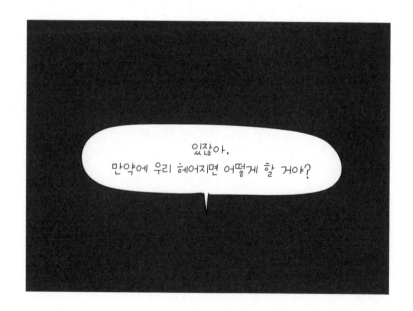

가끔 그게,

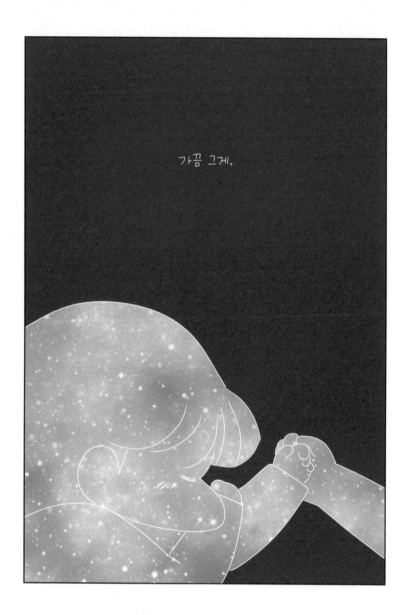

그때의 우리가
너무나 빛나서,

지금의 나를 더 비참하게 만드는 것 같아서

그런데도 자꾸 귓가에 맴돌아서

꿈

나도 알아,
꿈은 반대라는 거.

커어...

꿈을 꿨습니다.

연애운

헤어진 그(그녀)의 마음이
궁금한 분들께 추천합니다.

헤어지고 난 뒤부터
하루 종일 너튜브에서 시간을 보냈습니다.

시간 잘 간다~

내가 헤어진 걸 어떻게 알고
이별에 대한 오만가지 영상을
추천해 주었습니다.

잠이 안 올 땐
타로카드가 최고였음.

헤어지고 시간이 안 가시는 분들께
너튜브 타로채널을 추천드립니다···.

3.
어딜 가든
네가 보여

눈물을 멈추는 법

온 거리가 추억으로
가득 차 있어.

재채기가 나오려고 할 때

꾸욱

양쪽 콧볼을 누르면 멈추듯이

눈물이 나오려고 할 때도
멈추는 방법이 있었으면 좋겠다는
생각을 했습니다.

추억이 계절마다 있네
짜증나게···

파닥　　　　파닥

긴 연애가 끝나고

이미 짙게 물들어버린 걸
하얗게 되돌릴 수는 없지.

살아 보니 사람은
20대에 만들어진 성격이 평생 가는 것 같습니다.

으아나

미끌-

(흑역사)

취미도
사소한 습관도
말투도

그림자처럼 내 안에 섞여 있습니다.

'나'를 설명하려면
그 사람을 피해서 말할 수 없습니다.

내 속을 들여다보아도,

어디까지가 그 사람이고
어디까지가 나인지 모르겠습니다.

그래서,

도대체 어딜 도려내야 할지도 모르겠습니다.

THE END

그래서 그들은 결혼해서
아이도 낳고 행복하게 살았답니다.
…이런 해피엔딩은 우리에게 없었어.

나는 늘 기다리지 못했습니다.

드라마도 결말 기사가 나오면
그제야 첫 화부터 보기 시작했고
추리 소설도 참지 못하고 맨 마지막 장을 먼저 펼쳐봤습니다.

결말을 다 알고 봐도 매번 재밌었습니다, 나는.

해피엔딩이 아닐까 봐
불안에 떨며 기다리는 시간이
더 고통스러웠기 때문입니다.

그래서 연애도 역시나 나답게 했습니다.
결말이 궁금했던 나는
기나긴 서사를 견디지 못하고

덜컥 마지막 장을 펼쳤답니다.

~THE END~
끝

103

오래오래 행복하게 살지 못했어, 우린.

소중해서

끝이 새로운 시작이라는 말은
왠지 좀 슬픈 거 같아.

나에게 너무나도 소중한 것들이
오히려 나를 괴롭힐 때가 있습니다.

소중한 내 친구들과 자연스럽게 멀어지는 것이 싫고

소중한 내 반려동물들을 떠나보내는 게 싫고

모든 것들이 언젠가 끝난다는 게 싫습니다.

누가 끝이란 새로운 시작이라고 했던가요.

끝이 나서 다시 시작할 수 없는 것도 있습니다.

언제, 어떻게, 어째서 끝이 난다는 걸
미리 알면 조금은 덜 아플까요?

끝난 인연

어느 드라마나 영화처럼
우연히 마주치는 일 따위는
절대 없을 거야.

인연이 끝났다는 게 무엇인지
나는 일찌감치 알고 있었습니다.

스무 살 때 잠깐 만났던 선배가 있었습니다.

바로 앞 건물에 살았고
같은 학교, 같은 과였는데도

헤어지고 나니 단 한 번도,
우연히라도 마주친 적이 없었습니다.

인연이라면
애쓰지 않아도 만나게 된다는 말처럼

인연이 끝나면
애써도 만나지 못하게 됩니다.

그걸 알기에 나는,

끝난 인연에 기대하지 않습니다.

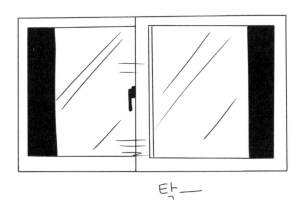

탁—

이유

탓할 생각은 없어.
나도 마찬가지였으니까.

나는 물을 참 좋아해서
아무리 좁은 화장실이라도
욕조는 꼭 둬야 하고

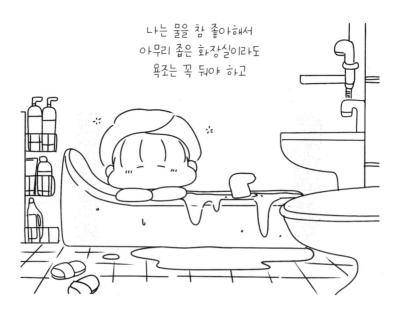

어디서든 아는 노래가 흘러나오면
꼭 따라 불러야 직성이 풀리고

늘 가던 익숙한 곳보다
생전 처음 가는 낯선 곳에서
헤매는 걸 더 좋아하는 사람입니다.

내가 이런 사람인 걸 알아주지 못했어도
탓할 생각은 없습니다.

생각해 보니 나도,
그에 대해 아는 게 없었기 때문입니다.

그런데 왜 나는
그의 모든 것을 다 안다고 자부했던 걸까요?

그 생각에 한참을 부끄러워했습니다.

내 마음

내 사랑에는
'내'가 없었다.

나는 항상 그랬던 것 같습니다.

뭘 좋아해?

뭐 해줄까?

이거
좋아해?

이런건 싫어?

라고 자주 묻기는 했으나

라고 말하진 않았습니다.

우연히

우연히 들려온 노래에
나는 또 널 떠올려.
기억을 지우는 약은 없을까.

길을 걷다 보면 우연히
우리의 노래를 마주치게 됩니다.

그럴 때마다 내 발은 떨어지지 않고
머릿속은 그때를 떠나지 못합니다.

불안

하지만 그렇다고 마음을 주지 않으면
그게 사랑이라고 할 수 있을까?

나는 항상 불안했습니다.
내 모든 걸 다 주었던 탓입니다.

내 모든 걸 주었기에
그걸 홀랑 갖고 떠날까 봐
그게 항상 불안했던 것 같습니다.

누군가에게 내 마음을 주지 않으면
되는 걸까요?

찌르르 찌르르

왜 아름다운 건
다 그곳에 있을까.
떠올릴 수도 없게.

하루 아침에 가을이 찾아왔습니다.

차가운 바람을 맞으며 풀벌레 소리를 들으니

왠지 짜증이 밀려왔습니다.

올해 헤어지는 것 말고는 아무것도 안했는데
나의 20대가 끝나가기 때문입니다.

그리고 … 유난히

유난히 추억이 많은 계절이라서

가을을 마주하고 싶지 않은 걸지도 모르겠습니다.

헤어지는 중

다시 한번 이별을 할 수 있다면
더 잘할 수 있을 텐데.

이별의 과정을 처음 겪는 나는

날 사랑하지 않는다는 걸
정확히 알면서도

확인할 용기까지는 없었습니다.

인정하지 못하고 받아들이지 못해서,
마지막 모습이 그렇게나 못났어서,

아무도 본 적 없는 나의 밑바닥까지

나의 모든 면을 남김없이 다 담아 간 것 같아서

더 돌리고 싶어지는 걸지도 모르겠습니다.

짐 정리

마음도 물건처럼 쉽게
정리할 수 있는 거였다면
좋았을 텐데.

이런 것도
있었네

이사를 가려고 짐을 정리했습니다.
5년간 쌓인 짐이 집안 곳곳에 많았습니다.

4.
나의 이별은
짝사랑과 닮았다

뭐해?

같은 말,
다른 마음.

잠 못 들며 설렜던 이 한마디가

어쩌다가 옭아매는 말이 되었을까요.

어쩌다가 이토록
슬픈 말이 되었을까요.

날 좋아하나 봐.
심장이 두근거리던 세상 아름다운 말이었는데.

이러지도 저러지도 못하고

더 많이 좋아하는 사람이
더 많이 웃게 돼. 아무 일 없는 것처럼.

날 그렇게 대하지 말라고 하고 싶습니다.

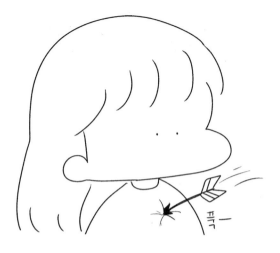

날 상처 입히는 걸 허락하고 싶지 않습니다.

그러나 나는
싸울 용기도
미움받을 용기도
품어줄 넓은 마음도 없습니다.

다만 내가 그 관계를 놓기 싫은 것뿐이고

내가 그 사람이 더 많이 필요한 것뿐이고

내가 더 많이 좋아하니까
참고 웃어넘길 수밖에요.

희망고문

반짝이는 호수 같던 눈 속에
내가 살았던 때가 있었지.

내가 더 좋아하면,
자꾸만 눈치를 보게 됩니다.

자꾸만 내 말에
동의해 주길 바랍니다.

그렇지?

열 번을 거절해도
한 번만 응해주면
희망을 가지게 됩니다.

차가워진 건 내 착각일 뿐이라고
내가 집착이 심해진 것 뿐이라고.

하지만 내 눈은 정확히 알고 있습니다.

끝났다는 걸 인정하지 못한 채
차가운 얼굴을 피해
이리저리 굴러다니니까요.

소행성

나의 중심이 나에게 없으니
그 사람의 근처만 계속
맴돌았습니다.

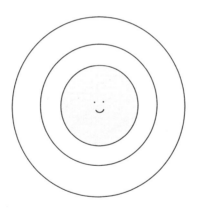

자기 자신이 중심에 있는 사람이 참 부러웠습니다.

그 사람의 곁에는
그 사람의 일, 그 사람의 가족, 그 사람의 친구가 있고

그 끝자락 어드메쯤 걸쳐 있는 나.

그 사람의 가생이를 따라 빙빙 돌다가

언제 봐주나 기다려도 봤다가

여유가 없는 사람은
참 매력이 없습니다, 내가 봐도.

그렇게 내가 발악할수록 그 사람은 더 빛납니다.

꼿꼿하게 여유롭게 자신의 삶을 사는 그 사람은.

스치듯

그렇게 나는
추억이란 게 되겠지.

날 스쳐간 그 사람이
언젠가 진짜 사랑을 찾게 될 거라는 걸 알고 있습니다.

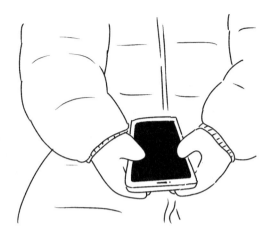

늘 생각이 나 먼저 전화하고 싶어지는

함께 하고 싶은 게 너무 많아서
밤새 이야기를 나눌 수 있는

기다리고 상처받게 하기 싫은

중요한 선택 앞에서 망설일 여유조차 없는

그런 사랑을 하게 되겠지요.

그건 내가 아니었지만.

내가 원하는 건

그게 그렇게 어렵대.
너무나 쉬운데.

미안해

그 말을 듣는 나는
괜찮지 않아.

미안하다는 말을 들을 때마다

미안하다고 할 수 있는 위치가
참 부럽다고 생각했습니다.

인정하고, 미안하다 말하면
참 마음이 가볍겠다 부러워했습니다.

'미안해'가 쌓이는 내 마음은
점점 더 무거워지기만 하는데 말입니다.

화분

내가 필요한 걸 주면
너도 좋아할 거라고 믿었지.

웃샤 —

얼마 전, 작은 벚나무 화분을 데려왔습니다.

그러나 그렇게 푸르던 나무가
서서히 잎이 떨어지고 시들시들해졌습니다.

나는 별안간 화가 났습니다.

이렇게 매일 물도 주고
애정을 쏟는데 왜 계속 시드는 거야?

그런데
나무를 살리는 방법을 찾던 중 알았습니다.

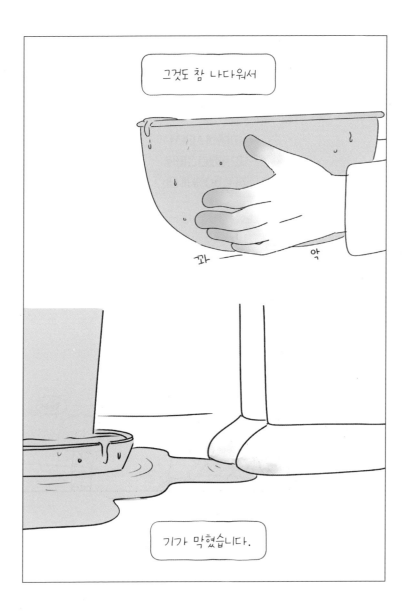

추억

마음이 시려서
따뜻했던 그때로
자꾸 돌아가게 돼.

연애를 하고
결혼을 하고
취업을 하고

다들 앞으로 잘만 나아가는데
어째서 나는
자꾸만

자꾸만 뒤돌아가는 걸까요.

에서와

마음아

맞아, 아직 나는….

그래도 내가 앞으로 잘 나아가고 있다고 생각했는데,
어느 날 깨달았습니다.

계속 같은 곳을 빙빙 돌고 있었다는 걸.

털썩

그래,
니가 이겼다.

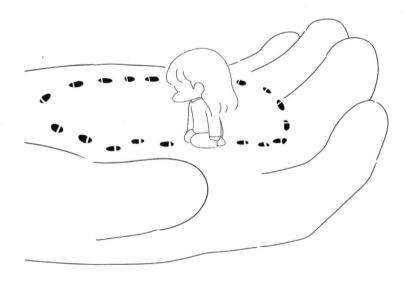

니가 이겼다, 마음아.

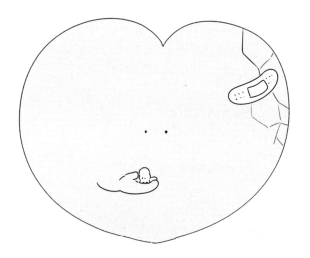

5.
어디서부터
잘못된 걸까

엎질러진 물

이유를 알 수 없으니
모든 순간의 나를 탓할 수밖에

앗...

미끌ㅡ

살면서 내가 저지른
크고 작은 실수와 잘못들이 있습니다.

그건 정말 엎질러진 물처럼 돌이킬 수 없습니다.

그렇게 엎어진 내 잘못들이 나를

지금으로 떠내려오게 만들었는지도 모릅니다.

이런 나를

이런 나를 누가 사랑해 주겠어.
차라리 아무렇지 않은 척
했어야 했을까.

내가 아무렇지 않은 듯 씩씩하게 일어섰다면

늘 귀엽고 재밌는 일상을 이야기했다면

누군가의 행복한 소식들을 마주했을 때

도망치지 않았더라면

내가 이 모든 걸 감당할 수 있는 사람이었다면
어땠을까?

더 사랑받을 수 있었을까?
누군가에게도, 나에게도.

잠그다

삼키는 것 대신 뱉는 걸 선택했다면
지금과는 달랐을까.

나 자신에게 제일 놀랐던 건

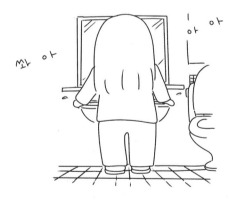

소리 지를 줄 모른다는 것이었습니다.

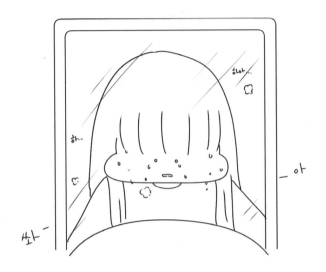

목구멍이 막혀 아무 소리도 내지 못했습니다.

마음은 이토록 어지럽게 비명을 지르고 있는데

소리가 도통 밖으로 나오지 않았습니다.

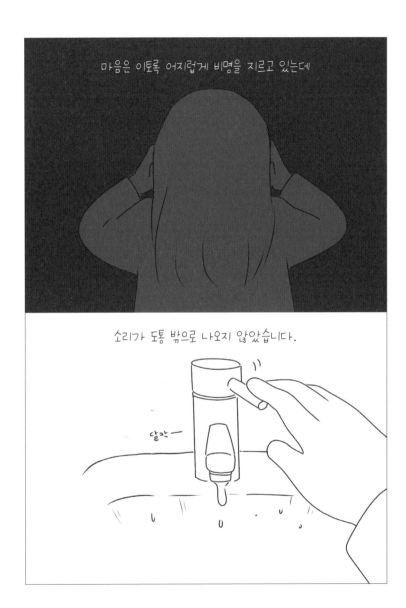

그늘

더 밝게 빛나려 할수록
그늘은 짙어져 갑니다.

누구나 인생에서 크고 작은 일들을 겪게 됩니다.

왠지 나는 어두울수록
어두운 나를 부정하며 더 예쁘게,
밝게만 포장했던 것 같습니다.

마치 어릴 때부터 아무 일 없었던
아이처럼 말입니다.

그런데 나이가 들수록
예쁘게 포장해두었던
어두운 기억들이 마구 터져 나옵니다.

작은 일에도 쉽게 무너지고
다시 일어나지 못합니다.

시간이 너무 많이 지나서
참아왔던 것들을 어디에 쏟아야 할지
누굴 탓해야 할지 모르겠습니다.

그저 다 참고 웃어넘긴
내 탓만 할 뿐입니다.

어렵다

도대체 어떻게 하는 거야.
노력하지 않아도
있는 그대로 사랑받는 방법.

사랑받는 건
왜 이리 어려운지 모르겠습니다.

어떻게 해야 할지 몰라 쩔쩔맸습니다.

망가진 마음을 다시 일으켜 세워야 한다는 걸

그래야 새로운 사랑을 할 수 있다는 걸
나도 잘 알지만,

아직 보이지도 않는 새 사람에게 사랑받으려
또다시 쩔쩔매는 나 자신을 보니

참 한심하기 그지없습니다.

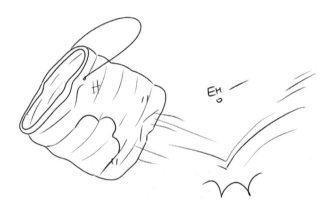

나쁜 말

나에게 제일 나쁜 건
바로 나였어.

텔레비전을 보다가 장난기 가득하던
한 가족의 대화에 충격을 받았습니다.

엄마가 아이에게 농담으로 바보라고 놀렸는데
아이가 이렇게 말했습니다.

나한테 그런 말 하지 마, 그거 나쁜 말이야.

나를 지독하게 괴롭혔던 아이들에게
그 말을 했더라면,

듣지 말아야 할 말들을 들었을 때
웃어넘기지 않고 그 말을 했더라면,

스스로에게도 그 말을 했더라면,

지금과는 많이 달랐겠지요.

안전장치

캄캄해져도 불안해하지 마.
고장난 게 아니야. 지키려는 거지.

어릴 적, 집에 정전이 난 적이 있습니다.

6.
천천히
다시 일어날 거야

나는 내가 행복했으면 좋겠습니다

메리골드의 꽃말은
반드시 오고야 말 행복.

잘 지내는 것 같아 보여도
사실은 잘 지내지 못합니다.

걷다가도 죽고 싶고

창밖을 보다가
계단을 오르다가
장을 보다가도

갑자기 주저 앉아
죽고 싶습니다.

그럼에도 내가
억지로 억지로라도
잘 살아보고자 노력하는 것은

누군가에게 보여주기 위한 것도
누군가의 죄책감을 덜어주기 위한 것도 아니며
누군가에게 복수하기 위한 것도 아닙니다.

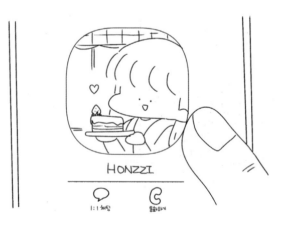

HONZZI

1:1 채팅   팔로우하기

나는 그저 내가 행복했으면 좋겠습니다.
내가 잘 살았으면 좋겠습니다.

바라는 건 그것밖에 없습니다.

그게 왜 그리 어려운 일인지
도무지 알 수 없습니다.

눈 덩이 하나

내 안에는 오랜 시간 쌓인 눈 덩어리가 있습니다.
지금은 그저 시간이
녹여주길 기다리고 있습니다.

우울하다 하면 제일 많이 듣는 말은
우울을 피할 만한 뭔가를 해보라는 것입니다.

일, 운동, 취미…
안 해본 건 아닙니다.

그렇게 피해 다녔던 우울은
몇 년 후에라도
거대한 눈덩이가 되어
돌아온다는 걸 경험했기에

지금은 그저,
그 눈덩이가 녹길 기다리는 중입니다.

삼킨 말

힘껏 부딪쳐볼 수 있었지만
하지 않았거든, 나도.

곧 터져 나올듯한 수많은 말들을
나 역시도 밖으로 꺼내지 않았습니다.

나도 똑같았어
방식이 달랐을 뿐이지

그때의 나 또한
손을 놓은 채였다는 걸
한참이 지난 후에 알았습니다.

다 잊었어?

잊지 못하는 건 당연한 거야.
떠오르는 건 자연스러운 거야.

사실 다 나은 척, 괜찮은 척했습니다.

사람들은 그런 걸 참 궁금해합니다.

내가 다 잊은 듯
말갛게 행복하길 원하길래
바라는 대로 연기했습니다.

잊지 못하는 게 왜
불행이고 미련인지 모르겠습니다.

나의 20대는 어딜 펼쳐도
그 사람과 함께인데
그 부분만 잘게 찢어낼 수도 없는 노릇입니다.

내가 고통스러운 이유는
이미 나의 일부가 되어버린 기억을
억지로 떼어내려 했기 때문입니다.

이제 그만두렵니다.
잊지 못하는 나를 탓하는 걸.

누군가 말해주지 않으니
스스로 토닥여줘야겠습니다.

생각나는 건 어쩔 수 없는 거라고,
그건 미련이 아니라
기억이라고.

빛나는 말들

때가 되면 누구보다 밝게 빛날 거야.
거짓말처럼.

그런 말들이 있습니다.
반짝반짝 빛나는, 눈이 부신.

좋은 경험이었을거야

자기 자신을 더
사랑해줘야해

시간이 지나면
나아질거야

너는 정말 소중한 사람이야

그런 말들이 잠든 나를 깨울 때가 있습니다

222

하지만 아직 일어날 준비가 안된 나에겐
오히려 그 빛이 불편하기만 합니다.

칠흑같은 어둠 속에 있는 나를 걱정하겠지만
나는 압니다.

잠이 필요한 사람에겐
빛 한줄기 없는 어둠이 필요합니다.

그렇게 까만 어둠 속에서 고요히 쉬다가

어떠한 것에도 기대지 않고
내 스스로 빛을 내야 한다는 걸

나는 알고 있습니다.

애쓰지 마

아주 느리게 천천히 웃을 거야.

불행해진 나에게
수많은 명언들이 들려왔습니다.

극복하는 방법, 견디는 방법,
자기 자신을 사랑하는 방법, 자존감 높이는 방법….

당장 이겨내지 않으면 큰일이라도 나는 듯 말입니다.

결국 이겨내지 못하고
자신을 사랑하지 못하는 나에게
화가 났습니다.

해내지 못하는 나를
미워하고 미워하다
죽이고 싶었습니다.

그래서 나는 살기 위해,
모든 것을 가만히 받아들였습니다.

내가 불행하고, 슬프고,
억울하고, 쪽팔리고, 분한 건 당연하다고.
자신을 사랑하지 못하는 건
이상한 게 아니라
그럴만한 이유가 있다고.

누군가 손을 잡아 일으켜 세우려 해도
조금만 더 누워 있겠다 했습니다.

힘내지 않고 애쓰지 않고
이 고통 속에 누워 있는 게
오히려 마음이 편했습니다.

누워 있을 만큼 누워 있다가
천천히 일어나 앉아 주위를 둘러본다

결국 나는 웃으며 다시 일어날 겁니다.
아주 느리더라도 말입니다.

7.
그러니까
힘내지 않아도 돼

고개를 들 힘조차 없다면
그대로 있어도 괜찮아요.

애써 하늘을 올려다보지 않아도
만날 수 있답니다, 무지개를.

반짝반짝

나도 이렇게
반짝이는 사람이었구나

몇 년 만에 네일 스티커와
페디 스티커를 붙여보았습니다.

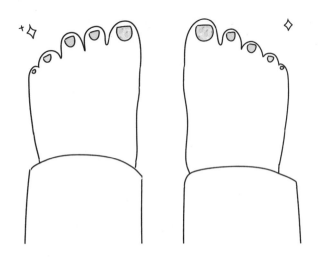

내가 반짝입니다.

모르는 말들

더 이상
나를 잘 모르는 사람들의 말에
내가 상처받도록 내버려 두지 않을 거야.

눈은 떠져 있고
귀는 뚫렸으니

모든 말을 다 듣고 볼 수밖에 없겠지만

그 말에 상처받을지, 상처받지 않을지는

내가 선택할 수 있습니다.

선택할 수 있는 나는 강합니다.

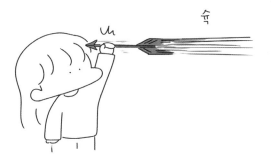

슉

더 이상 내 마음에 생채기를 내도록
허락하지 않을 겁니다.

나다움

참 오랜만이야,
반가워.

아이보리 색 이불

초록색 체크 잠옷

회색 토끼 인형과 파란 시계

눈에 들어오지 않던 것들이
마음에 들어오기 시작했습니다.

함께 있을 땐 몰랐습니다.

그야, 서로가 서로에게 잘 보이고 싶었기에
상대가 좋아하는 취향으로 나를 꾸몄을 테니까요.

내 방이 점점 '나'다워지기 시작했습니다.

이제야 온전한 '나'를 찾은 것 같습니다.

꽃집에서

시들지 않도록 정성 들여 잘 관리해 주고
시들기 전까지 많이 예뻐해 주라고 하셨습니다.

꽃집에 화분을 사러 갔습니다.

그런데 왠지 사장님은 단호하게 말씀하셨습니다.

밀물과 썰물

나 또한 어느 누군가의 마음 곳곳에
은은히 자리하는 사람이겠지요.

누군가 나에게
밀려왔다가
떠날 때마다

나는 한 움큼씩 쓸려갑니다.

그렇게 제각각의 기억으로 흩어진 나는

어딘가에서 누군가의 마음 곳곳에
은은히 자리하고 있겠지요.

8.
새로운 사랑이
찾아온다면

혼자라는 건

이 기쁨을,
이 슬픔을,
같이 나눌 사람이 있으면 좋을 텐데.

기쁜 일이 있을 때나
슬픈 일이 있을 때나
아니면 일상의 사소한 것이라도

함께 나눌 누군가가 있다면 좋을 텐데

이 마음을 나눌 곳이 없이
혼자 동동거리는 건

조금 민망합니다.

사랑의 방법

우리가 늘 아름다웠으면 좋겠어.
미워하지 않고 사랑했으면 좋겠어.
그게 내가 너를 사랑하는 방식이야.

소중한 사람과 상처를 주고받는 게
너무 싫어졌습니다.

그 사람이 나를 싫어하기 전까지만
내가 그 사람이 싫어지기 전까지만

선을 그어 내 안으로 들이지 않는 것이

네가 들어오기엔 너무 험하거든 ...

내가 사랑하는 것들을 지키는 방식이 되었습니다.

이기적이지만 나는 이 사람들을
이 거리에서 오래오래 보고 싶습니다.

나를 이해하지 못하는 사람들도 있겠지만

적당한 거리에서 예쁘게 지켜보다

힘들어 보이면 몰래 안아주고 오는 것이

내가 사랑하는 방식입니다.

이상형

진짜 내 모습을
보여줄 수 있는 사람.

나랑 하고 싶은 게 많은 사람.

큰일 앞에서 예민하지 않고 침착한 사람.

(다 죽까라라 그러자~)

(좋아~ 그러자~)

즉흥적으로 여행을 떠날 수 있는 사람.

자기 전부터 동이 틀 때까지
아무 얘기나 떠들다 지쳐 잠들 수 있는 사람.

눈 오는 새벽에도 밖으로 달려나가
아이처럼 놀 수 있는 자유로운 사람.

내가 필요하다고 말하는 사람.

이런 건 노력해서 되는 게 아니란 걸
너무나도 잘 알게 되었습니다.

노력해서 서로의 이상형에 서로를 맞춰봤자
시간이 지나면 꾸며놓은 것들은 벗겨지기 마련이고

누군가의 이상형에 억지로 끼워 맞춰진
찌그러진 나는 진짜 내가 아니기 때문입니다.

그래서 더 만나기 힘든 것 같습니다.
내가 만나고 싶은 사람과.

연애유형 테스트

이미 사랑에 빠졌는데
나와 맞지 않는 사람이란 걸
알게 되면 어쩌지?

나는 자연스러운 만남을 추구하는 사람이었습니다.

매우 아니다　　　　　　보통이다　　　　　　매우 그렇다

그러나 요즘은, 유행하는 성격유형 테스트처럼
몇 가지 질문을 거쳐
나와 맞는 유형의 사람을 만나고 싶습니다.

자연스럽게 만나 점점 시간이 흐르면서
우리가 정말 다르다는 걸 알게 되는 게,

우린 맞지 않다는 걸 알게 되는 순간도,

이미 너무 사랑해버린 나머지
서로 이러지도, 저러지도 못하는 그 상황이,

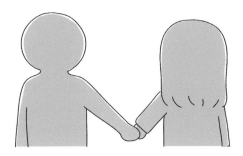

나는 정말로 견디기 힘들었기 때문입니다.

가만히

이대로 길을 잃을까 봐
여전히 그 자리에
서 있어, 나는.

내가 어릴 때 엄마는
길을 잃으면 그 자리에 가만히 서 있으라 하셨습니다.
그곳에 가만히 서 있으면 엄마가 찾아가겠다고.

어른이 된 나는 또 길을 잃었고
습관처럼 여기에 가만히 서 있습니다.

이대로 잊혀질까 불안해서 울기도 하지만
울면서 어디론가 계속 걷다 보면
정말로 헤매게 될 것 같아서

그냥 이곳에 가만히 있습니다.

언젠간,
누군가 나를 찾으러 와줄까요?

내가 여기에 서 있었기에 날 찾을 수 있었다고
말해줄 사람이 올까요?

흐르듯 자연스럽게

사랑은 열심히 한다고
잘 되는 게 아니더라고.

아무리 노력해도 안 되는 게 있습니다.

흐르는 대로 흘러가다가

아무렇게나 흘러가다가

오직 나만을 위한 작은 섬에 도착해

그곳에서 나를 기다리고 있었던 누군가를 만나

같이 흘러가는,
그런 삶을 살고 싶습니다.

걸림돌

고생 많았어.
다른 점을 사랑하느라.

미끌 —

틱 —

곰곰이 생각해 보니
연애의 걸림돌은 늘

나는 할 수 있지만, 너는 못하는 것들
때문이었습니다.

난 어떠한 상황에서도
사랑한다면 당장 달려갈 수 있었고,
누군가는 어떠한 상황에서도
사랑한다면 언제까지든 기다릴 수 있었습니다.

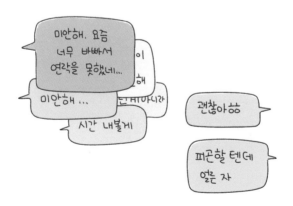

그건 그 누구의 잘못이 아니었습니다.
서로 이해하지 못했을 뿐.

그래서 만약,
다음번에 또다시
누군가를 사랑하게 된다면

내가 할 수 있는 걸
할 수 있고

내가 못하는 걸
똑같이 못하는

그런 사람과 사랑을 하고 싶습니다.

9.
그로부터
일년뒤

뒤돌아보니 어느새

나는
느리게 느리게
식어간다.

이별 후 일 년,
이제 그만할 때도 되지 않았나?
사실은 저도 스스로 묻곤 합니다.

봄, 여름, 가을, 겨울이 지나는 동안
안타깝게도 슬픔은 가시질 않았습니다.

장작이 타고 남은 숯이
오랫동안 열을 품듯이 말입니다.

살면서 제일 행복하고
아름다웠던 기억들이 다 거기에 있기에
쉽게 두고 나아가지 못하는 탓도 있습니다.

그래도 나는
우리의 추억이 짙게 배인 그 영화를
다시 열어볼 수 있게 되었고

우리가 함께했던 여행에서 맞았던 함박눈을
웃으며 추억할 수 있게 되었습니다.

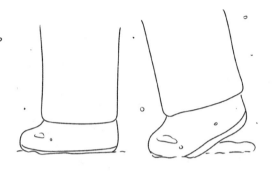

이렇게 천천히,
아주 천천히 나아지게 되는 걸까요?

이러다 뒤돌아보니 어느새,
라는 말을 할 수 있게 되는 걸까요?

다시, 가을

내게 남은 온기를 먹고
무럭무럭 자라렴.

쓸쓸한 날이 지나고 언젠가
내 위에도 새로운 사랑이 피어나길 바랐습니다.

그때 참 예뻤다

우연히 발견한 서랍 속 기억에서
참 예뻤던 그 시절의 나를 발견했습니다.

오랜만에 부모님 댁에 가보았습니다.

그곳엔 미처
처리하지 못한
사진들이
남아 있었습니다.

하, 방심했다
잊을만 하면 발견되네.

빠박—

그런데 시간이 꽤 많이 흘러서인지
그 사진들을 꼼꼼하게 살펴보게 되었습니다.

•••

참 예뻤습니다, 나는.

이렇게 젊고 예뻤는데 왜 그땐 몰랐을까요.

난 못생겼다, 뚱뚱하다, 혼자서 무언가에 쫓기듯

다시 돌아오지 않을 예쁜 그 시절을
다 누리고 살지 못했던 것 같습니다.

라는 생각이 들었습니다.

나도 모르게

끝날 걸 알면서도
자꾸 사랑하게 돼.

또 시작입니다.

그러지 말아야 하는데
내 마음은 도무지 말을 듣지 않습니다.

시장 가는 길에 늘 마주치는
강아지를 좋아합니다.

매일 가는 꽃집의
할아버지를 좋아합니다.

눈을 깜빡거리던 지붕 위
고양이를 좋아합니다.

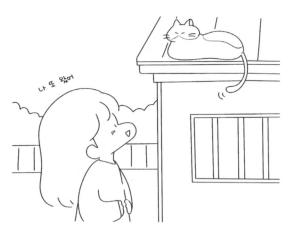

무언가에게, 누군가에게,
자꾸 마음이 갑니다.

그 마음 때문에 죽을 듯 아파봤으면서
그 마음 하나로
나의 모든 게 살아나듯 피가 팽팽 돕니다.

정말 진절머리가 납니다.

좋아하는 마음은 왜 자꾸 생기는 걸까요.
어떻게든 이별은 찾아올 텐데 그걸 알면서도···

좋아하는 게 언제부터 이렇게 슬픈 일이 되었을까요.

나 홀로 크리스마스

생각해 보니
나는 혼자서도
참 잘 살았었어.

크리스마스에 혼자
비싼 레스토랑에 간 적이 있습니다.

직원분들이 놀라는 게
재밌기도 했습니다.

크리스마스 저녁에
예약도 없이 간 터라
야외 테이블에 앉게 되었습니다.

눈이 오고 추워서 담요를 돌돌 두르고,
야외 테이블엔 조명도 없어서

괜찮아요
제가 예약을
안 해서 그래요

많이 추우시죠
죄송해요ㅠㅠ

음식이 나올 때마다
어떤 음식인지
핸드폰으로 비춰봐야 했습니다.

이게 뭐지...?

유엽..

창문 안은 참 따뜻하고 행복해 보였습니다.
그래도 전혀 비참하거나 부끄럽지 않았습니다.

나는 혼자인 대로 즐거웠습니다.

눈을 맞으며 핸드폰 불빛으로
스테이크를 비춰보며 먹었던
그 크리스마스가
나에겐 최고의 크리스마스였습니다.

오랜 시간이 지나,
나는 다시 혼자가 되었습니다.
난 이제 그게 싫지 않습니다.

연결고리

예쁘게 포장할 거야.
그리고 미련 없이 버릴 거야.

그 사람의 모든 걸 다 알고 있다고 생각했는데
마지막엔 내가 전혀 모르는 사람이었고

너 없이는 못 산다고 말했었지만,
너 없이도 내 일상은
데굴데굴 잘만 굴러갑니다.

몇 년 동안 가족처럼 살았어도
돌아서니 아무런 연결고리도 없는

길 가다가 우연히 마주치는 사람보다도
인연이 없는 사람이 되었습니다.

이렇게 너무나도 얄팍한 끈으로 엮여
몇 년 동안이나 만났던 우리는

아마도 기적이었던 것 같습니다.

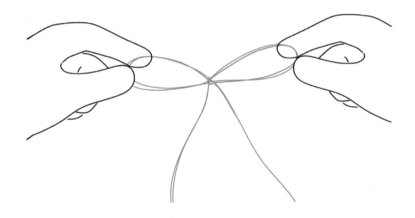

서른 살 생일

살아 있어서
다행이야.

딱 일 년이 지났습니다.
그날로부터.

하지만 이번에도 내 생일은
그리 순탄치 못했습니다.

아침부터 눈물바람에

짜증나...

생일에 꼭 먹고 싶었던 케이크도
내 앞에서 품절되어
빈손으로 돌아와야 했습니다.

뭐 그래도 상관없습니다.

모든 게 내 생각대로 흘러가지 않더라도
누군가 나에게 상처를 줬어도

난 오늘을 싫어하지 않을 겁니다.

죽고 싶었던 내가 살아 있습니다.

내일이 오는 게 더 이상 무섭지 않습니다.

촛불과 케이크가 없어도
그걸로 충분합니다.

에필로그

슬픔에 빠져

허우적거려도 괜찮아.

언젠가는 헤엄치는 법을

알게 될 거야.

그런 감정을 느끼는 건
이상한 게 아니에요.

그럴 수 있어요.

그 감정을 느끼는 데에는
남들이 모르는 당신만의 수많은 이유가 있어요.

그걸 어떻게 말로 다 설명할 수 있겠어요.

사람마다
느끼는 건 다 달라요.

가족이, 친구가, 연인이
이해 못한다고 해서
당신의 감정이 잘못된 게 아니에요.

당신이 느끼는 감정을 의심하지 않아도 돼요.

받아들여도 괜찮아요.

괜찮아요
괜찮아요
괜찮아요

Special Thanks To

〈혼찌툰〉 첫 화를 올렸을 때는 '욕먹고 죽자'는 심정이었습니다.

6년간 연재해왔던 너무나 행복했던 연애,

어쩌면 그것이 지독한 자랑으로 보였을 터라

모두가 손가락질하고 그럴 줄 알았다며 돌아설 거라 생각했습니다.

그래도 상관없었습니다.

이미 죽어버린 마음엔 통증이 느껴지지 않거든요.

그런데 여러분께서 죽은 제 마음에 씨앗을 뿌려주시고

깨끗한 물을 주시고 따뜻한 빛을 쬐게 해주셨습니다.

그렇게 여러분이 남겨주신 진심 어린 댓글들이

저뿐만 아니라 다른 분들께도 큰 힘이 되었대요.

죽고 싶은 마음뿐이었는데 댓글을 보고

'나만 그런 게 아니었구나' 하고 마음이 놓이더래요.

여러분 덕분에 많은 분들이 다시 살아갈 힘을 얻고

마음 편히 잠들 수 있게 되었습니다(물론 저도요).

가장 정제되지 않은 감정들을 여러분과 주고받은 기억은
평생 잊지 못할 것 같습니다.

처음에는 원고를 보는 것조차 힘들어
책이 나오기까지 몇 년의 시간이 걸렸지만
이제 〈혼찌툰〉을 마음 편히 보내줄 수 있을 것 같습니다.

앞으로도 저는 제 이야기를 여기서 계속하고 있겠습니다.
크고 작은 기복이 있겠지만, 다시 일어서서
작은 울림을 줄 수 있는 그런 만화를 그리도록 노력하겠습니다.

따뜻한 온기를 액정 너머로 나누어주셔서
진심으로 감사드립니다.

안녕, 혼찌툰

〈혼쩌툰〉의 이별 극복, 리얼 성장기
스물아홉 생일에 헤어졌습니다

제1판 1쇄 발행 | 2023년 8월 28일
제1판 2쇄 발행 | 2023년 8월 30일

지은이 | 남아린
펴낸이 | 김수언
펴낸곳 | 한국경제신문 한경BP
책임편집 | 최경민
저작권 | 백상아
홍보 | 서은실 · 이여진 · 박도현
마케팅 | 김규형 · 정우연
디자인 | 권석중
본문디자인 | 디자인 현

주소 | 서울특별시 중구 청파로 463
기획출판팀 | 02-3604-590, 584
영업마케팅팀 | 02-3604-595, 562   FAX | 02-3604-599
H | http://bp.hankyung.com   E | bp@hankyung.com
F | www.facebook.com/hankyungbp
등록 | 제 2-315(1967. 5. 15)

ISBN 978-89-475-4912-7   03810